おしりたんてい

どんなときでも れいせい。
すきなものは、あたたかい のみものと
あまい おかし。(とくに スイートポテト)
しゅみは、ティータイムと どくしょ。
くちぐせは 「フーム、においますね」。

ブラウン

おしりたんていの じょしゅ。
すなおさゆえ つい ちょうしに
のってしまう うかつもの。

コアラちゃん

せいぎかんが つよく まっすぐな
しょうじょ。ちょっと たんきな
ところも……。

おしりたんてい

みはらしそうの　かいじけん

さく・え　トロル

みはらしそうの　かいじけん

「きょうの　しごとは　これで
おわりですね」
　おしりたんていが　じむしょを
しめようとすると　外から　女の子が
のぞいていました。

2

おなじ町に　すむ　コアラちゃんでした。
コアラちゃんは　ひとこきゅうし、
「おしりたんていさんに　いらいが　あるの。
おばけたいじに　つきあって！」
と　いいました。
「お、おばけたいじ !?」
　ブラウンは　おどろきました。

3

「いつも　あそんでいる　こうえんの
となりに　『みはらしそう』っていう
もとは　りょかんだった　空き家が　あるの。
その　空き家に　おばけが　でるの。大きな
目だまで　ギョロリと　見てるんだって」
「フム、『みはらしそう』ですか。ながめの
いい　ばしょに　あるのですね？」

ギョロリ

「うん　そうだよ。だから　おばけが
よく　見えるところから　おそう　子を
えらんでるんだなんて　うわさも
でてきちゃってさ。みんな　こわくて
こうえんで　あそべなくなったんだ……」

ひがくれるころ　でるらしいの　あたしは　みたこと　ないんだけど

「このままじゃ　いやだから　きのうの　夜
おばけたいじに　いったの。でも　中に
入れなくて　おばけを
見つけられなかったんだ」

「なるほど。それで　わたしに　いらいに
来たと　いうわけですね」

うん。おしりたんていさんに　おばけを
見つけて　ほしいの！　それで　おばけを
たいじして　こうえんを　とりもどすんだ！

6

フーム、わかりました。この　いらい
おひきうけしましょう。かならず　おばけを
見<ruby>み</ruby>つけ出<ruby>だ</ruby>しましょう。

ちいさな レディーを
ひとりで いかせるわけには
いきませんしね

うぉーっ
たんさんが
めに——っ

「では　さっそく　『みはらしそう』へ
むかいましょうか」
「いまからですか!?　もう　夜<ruby>よる</ruby>に
なっちゃいますよ！」
「おばけが　でるのは　夜<ruby>よる</ruby>だよ」

7

『みはらしそう』は　ながい　さかの　上に
ありました。

「なんだか　ぶきみですね。いかにも

おばけが　でそう……」

　ブラウンは　みぶるいしました。

　すると、とつぜん　声が　聞こえました。

9

「おしりたんていくんじゃないか。

こんなところで　なにをしとるんじゃ？」

　声の　ぬしは、マルチーズしょちょうでした。

「わしらは　パトロールじゃ。さいきん

この　あたりで　あきすが　ふえてのぉ」

じょうほうが
あったら
れんらくください

ぬすまれたもの
リスト

こんやから
みまわりを ふやして
げんかいたいせいじゃ

「あたしたちは　おばけたいじだよ」
と　コアラちゃんが　いいました。
「おばけたいじじゃと？　フォフォフォ。
おしりたんていくんも　こどもに
つきあわされて　たいへんじゃな。おたがい
しごとに　せいを　出そう！」
　そういって　マルチーズしょちょうは
わらいながら　さっていきました。

まいごカモ？

みはらしそう

はんにんをつかまえるぞ！
ワン フォー オール オール フォー ワン！

はぁ
おなか
すいた

すっかり 日は くれ、あたりは やみに
つつまれています。おしりたんていたちは
門を ぬけ、げんかんに むかいました。
「おばけが でるのは あそこだよ」
と コアラちゃんが 二かいの 右はじの
まどを ゆびさしました。
「フム、とくに かわった ようすは
ありませんね」

おしりたんていたちは　入れるところを
しらべましたが、どこも　しまっていました。

う～ん やっぱり
ダメだ きのうも
あかなかったんだ

「おや？　石だたみが　ありますね。
たてものの　うらに　つづいています。
これを　たどれば　入れるところが
見つかるかもしれませんよ」

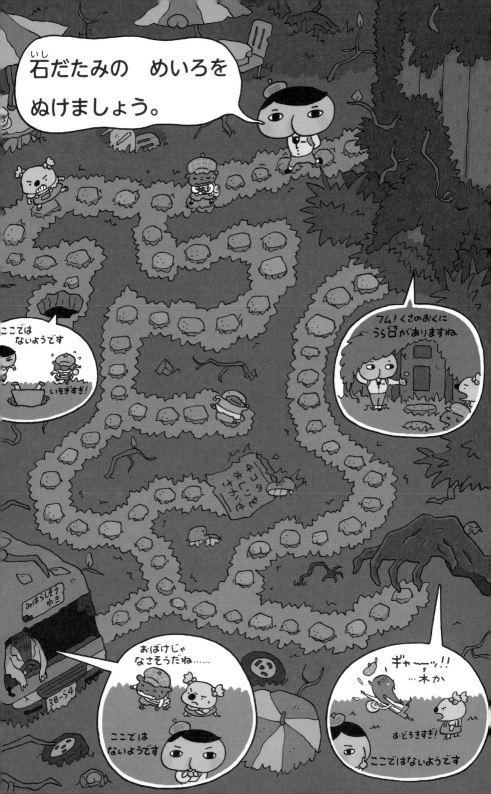

おしりたんていたちは　見^みつけた
うら口^{ぐち}から　中^{なか}に　入^{はい}りました。

くらいよ〜

おしりたんていは　首^{くび}に　かけている
ループタイに　手^てを　そえました。カチリと
音^{おと}がして　まわりが　明^{あか}るくなりました。

「この　ループタイは、
かいちゅうでんとうに　なっているのです」

わー！

おしりたんていたちは　へやを　出て、
明かりを　たよりに　ろうかを　すすみます。

見てください。あんないマップが　あります。
おばけが　いたという　へやは　どこでしょう？

そうです。5ごうしつですね。
二かいの いちばん 右はじの
まどでしたからね。

　おしりたんていたちは　二かいの
5ごうしつに　いくため　かいだんの　ある
ロビーに　むかいました。
　しかし、かいだんは　こわれていました。
「二かいに　いけないよ！」
コアラちゃんが　いいました。

18

よく　見ると　かいだんのように　なっている
ばしょが　ありますね。どこだか
わかりますか？

そうです。たおれた　たなが
かさなって　かいだんのように
なっています。

「さすが　おしりたんていさんですね」
と　いって　ブラウンが　たなを
のぼりかけると……。

「フムムッ！」

ふたたび 二かいを 見ると もう
なにも いませんでした。

きっと みんなが いっていた おばけだ！
たいじして こうえんを とりもどすんだ!!

はやく
おきて！

二かいに　あがった　コアラちゃんは
「どこ　いったー」
と　いいながら　まわりを　ギョロギョロ
さがしました。そして、「あっ！」と　声を
あげました。

また、でたぁぁぁぁぁ!!

コアラちゃんが　かけだしました。
おしりたんていも　あとを　おいます。

ズッ

まてーっ!

きけんです
コアラちゃん!

ひとりに
しないで
くださいよー!

コアラちゃんが　ろうかの　かどを
まがると　おくの　へやの　ドアが
あいていました。

あのへやに
にげたな！

コアラちゃんは　へやに　かけこみました。
　しかし、かぐが　ちらかっているだけで
だれも　いませんでした。おくれて
ついてきた　ブラウンも　おそるおそる
へやを　のぞきこみました。

25

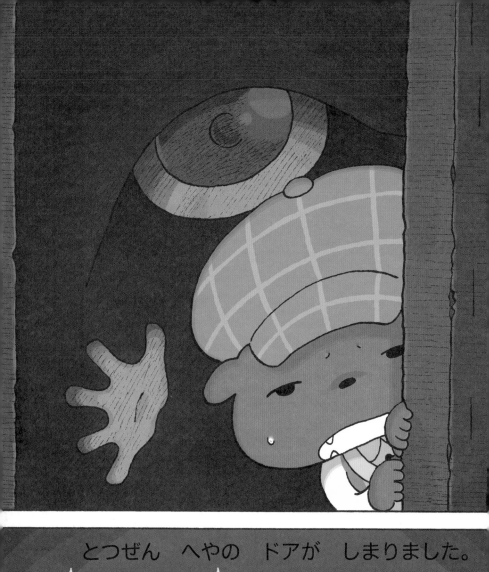

とつぜん　へやの　ドアが　しまりました。

フム
ループタイが

バンッ

ドシッ

ヒュン

26

とじこめられたの!?

ガサガサ

ガサガサ

ガサガサ

ひぃぃぃ！　なんの　音!?
くらくて　なにも　見えない！

パカッ

フム わたしですよ。
ループタイを
さがしていました

でたぁぁぁぁぁ！ おばけ！ おしり!?
あっ！ おしりたんていさん。

ブラウンは　こきゅうを　ととのえながら
「いきなり　ドアが　しまったんです」
と　いいました。
　コアラちゃんは　ドアを　あけようと
しましたが、びくともしませんでした。

あかない！
このままじゃ おばけ
たいじできないよ

「この へやは 1ごうしつですよね。
フム、少し においますね……」

えっ!?
どういうことですか?

フーム、この へやには 外から 見たときに
あったはずの ものが ないのです。
なんだと 思いますか？

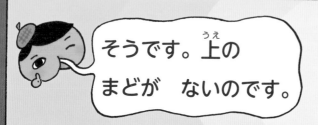

そうです。上のまどが　ないのです。

ここ

「ということは　この　へやの　上に
べつの　へやが　あるかもしれません……」
　そういって、おしりたんていは
てんじょうを　しらべました。すると
てんじょうの　いたが　はずれました。
「フム、やはり　やねうらべやが
ありましたね」

ああっ
すごい！

30

おしりたんていたちは　やねうらべやから
ろうかに　おりました。
「とじこめたのは　さっきの　おばけなの!?」
　コアラちゃんは　ふたたび
1ごうしつに　かけていきました。

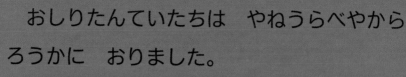

はしご
こわれ

　1ごうしつの　ドアには　たなが　つまれ、
中^{なか}から　あけられないように　なっていました。
「おばけが　やったの？」
「フーム、においますね……」
　そのとき、ブラウンの　ひめいが
聞^きこえました。

ひぃ！

1

32

いそいで　もどると　ブラウンが
ふるえていました。
「い、いま　むこうから　音がしたんです」
「フム、そちらには　おばけが　でた
まどの　ある　5ごうしつが　ありますね」

きっと　目だまの
おばけだよ！

　おしりたんていたちは　あらためて
5ごうしつに　むかいました。

おしりたんていたちは　5ごうしつに
つきました。中に　入りましたが、なんの
けはいも　ありませんでした。
「フーム。ここは　いちばん　はじの
へやでは　ないかもしれません」
「えっ!?　ゆき止まりだし、
あんないマップでも　5ごうしつが
いちばん　はじでしたよ」
と　ブラウンが　いいました。

いちばん　はじの　へやでは　ないと
すいりできる　ことが　あるのです。
なにか　わかりますか？
あんない マップを よく おもいだして ください

そうです。ドアが
たりないのです。

マップには 4つあるのに 3つしかない！

　おしりたんていが　5ごうしつと

かかれた　プレートを　しらべると、下から

4ごうしつの　プレートが　でてきました。

「フム、やはり　さいくされていましたか。

この　ゆき止まりの　おくに　ほんとうの

5ごうしつが　あるはずです」

おしりたんていが　かべを　おしてみると
ズズズと　うごき、ドアが　あらわれました。

つくえをたてかけて
かべにみせかけて
いたようですね

なんと！

ついに、おしりたんていたちは
5ごうしつに　入りました。まどべに
うごめく　くろい　かげが　ゆっくりと
ふりかえりました。

39

「ぼうえんきょうが　目だまみたいに
見えてたんだ。おばけじゃなくて　よかった」
　ブラウンは　むねを　なでおろしました。
「よくないよ！　この　おじさんが
あたしたちを　おどかしたり
とじこめたりしたんだよ」
　男は　あやまりました。
「夜空の　星を　見てたんだよ。ひとりで
見るのが　すきなんだ。でも、きみたちが
来たから、しずかにしてもらいたくてね」

やりすぎちゃったな
ほんとに ごめんよ

コアラちゃんは　まだ　はらの　むしが
おさまらない　ようすで　いいました。
「おばけかと　思って　こわがっている
子が　たくさん　いるんだよ」
「ここでは　二どと　見ないよ。おじさんは
へやを　かたづけてから　かえるよ。
きみたちも　かえりな。夜も　おそいからね」

「いらいは　かいけつですね！
おしりたんていさん、かえりましょう」
　ブラウンは　うれしそうに　いいました。

あったかい おふろに
はいって ふかふかの
ふとんで ねるんだぁ

コロ
コロ

　そのとき、まどの　外を　ながめていた
おしりたんていが　つぶやきました。
　「『みはらしそう』と　いうだけあって
ほんとうに　ながめが　いいですね」

そして　男に　たずねました。

「もう　いちど　かくにんしたいのですが、

星を　ごらんになっていたのですよね？」

「そうだよ。しゅみは　てんたいかんそく！」

「なるほど……。では　お聞きします。

くもりでも　星は　見えるのですか？」

　男は　ビクッと　かたを　ふるわせました。

　コアラちゃんは　空を　見上げました。

「くもってる！　星は　見えないよ！」

「あなたが　見ていたのは　星では
ありませんよね。ここから　さかの　下の
家いえを　見ていたのでは　ないですか」

「だ、だったら　なんだって　いうんだい？
家を　見たって　いいだろ」

「いいえ、よくありません。なぜなら
あなたが　**どろぼう**だからです！」

「ごじょうだんを。しょうこでも　あるの？」
男は　かわいた　わらいを　うかべました。

そうです。ふくろの　中の
ものです。ぬすまれたものの
リストに　のっていましたね。

「あなたは　マルチーズしょちょうたちが
つかまえようとしている　あきすですね。
ながめの　いい　ばしょから
ぼうえんきょうを　つかい、ぬすみに　入る
家を　しらべていたのではないですか？」

とつぜん、男は　バッと　ふくろを
つかみ　へやから　とびだしていきました。
　おいかけようとした　コアラちゃんを
おしりたんていが　よびとめました。

「わたしに　考えが　あります。
コアラちゃんと　ブラウンは　かれを
１ごうしつに　おいつめてください。
しばらく　しずかにして　ゆだんさせ、
出てきたところを……ゴニョゴニョ」
「それなら　あたしも……ゴニョゴニョ」

コアラちゃんと　ブラウンは　男を
おいました。

ブラウンの　声に　気づいた　男は
あわてて　1ごうしつのほうへ
かけだしました。男は　ドアの　前の
たなを　どかし、中に　にげこみました。

外から　声が　ひびきます。男は　ドアを
あけられないよう　ひっしで　おさえました。

しばらくすると　外が　しずかに
なりました。
「あいつら　あきらめたのか？
まわりは　パトロールちゅうの
けいさつで　いっぱいだが、
ここから　にげるのが　先だな」
　男が　そーっと　ドアを
あけると……。

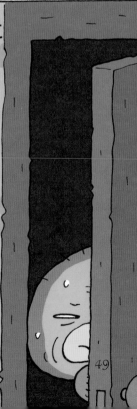

49

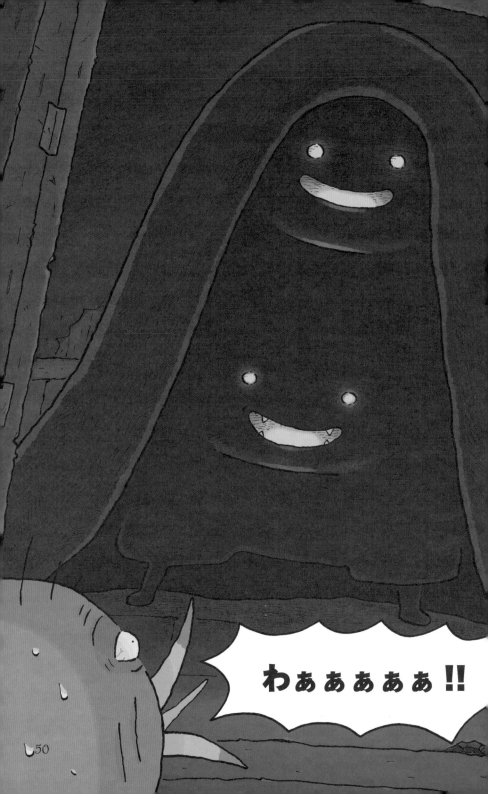

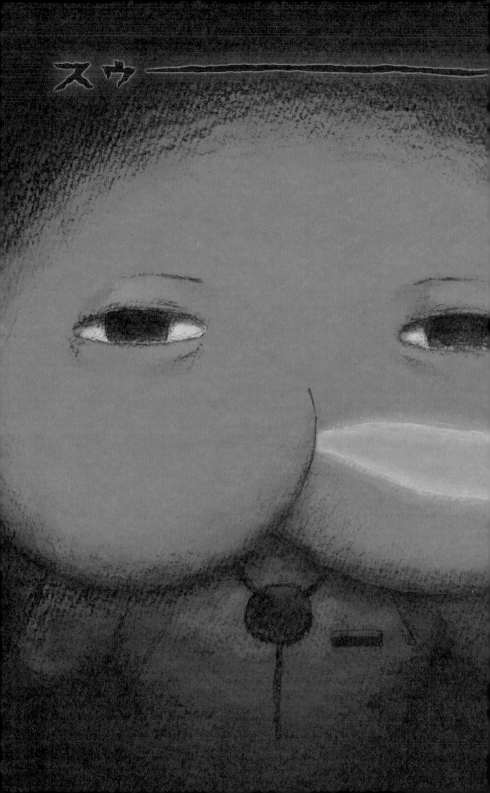

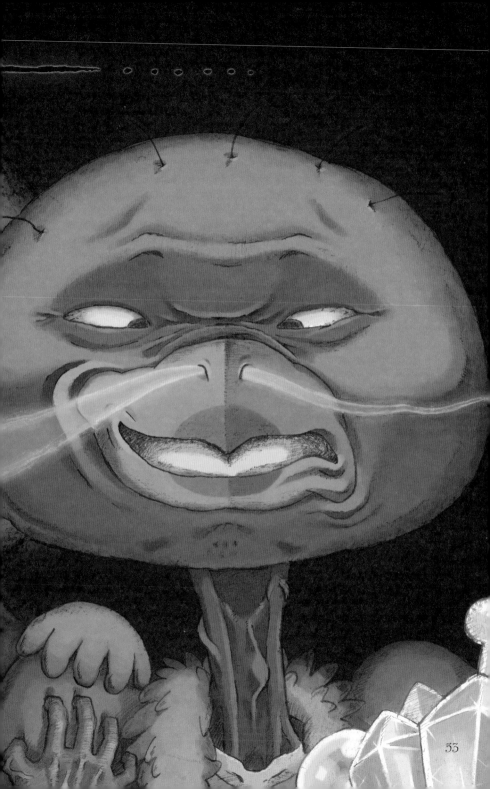

「しつれいこかせていただきました。
ぬすんだものは　かえしていただきますね」
「みんなを　おどろかせた　おかえしだよ！
おばけさくせん　だいせいこう！」

したには いけないので
1ごうしつにくるのは
わかっていました

お… おもい…

くさ… い…

『みはらしそう』の　まわりに
パトカーが　あつまってきました。

「こいつが　あきすを　くりかえしていた
どろぼうか！　まさか　この　空き家に
ひそんでおったとはな」
　　男が　きえいりそうな　声で　いいました。
「あきすに　入る　家を　さがすには
ぜっこうの　ばしょだったんだ。おれの
かくれ家にしたかったのに……」
「なるほど。だから　あの手　この手で
わたしたちを　ほんろうして　かくれ家を
まもろうとしたのですね」

「さすが　おしりたんていくん。
おてがらじゃな！」
「いえ、おてがらは　おばけたいじを
けっしんした　コアラちゃんですよ」

おばけと どろぼう
まとめて たいじ！
おわり よければ ワンダフル！

コアラちゃんは　おしりたんていに
いいました。
「これで　また　こうえんで　あそべるよ。
おしりたんていさん、ありがとう」

よい
よい

まるいものじゃ！

あ、ほ

ブラウン
かえりますよ

　かえり道、ブラウンが　おしりたんていに
たずねました。
「おしりたんていさんは　おばけを　見ても
ぜんぜん　おどろかなかったですよね。
もしかして　おばけじゃないって
気づいてたんですか？」
「フム、そうですね。あるものを　見て
おばけではないと　思っていました」

クロック とけい

ちょうき
きゅうか
ちゅう

あるもの とは なんだと
おもいますか？ みなさんなら
わかりますよね？

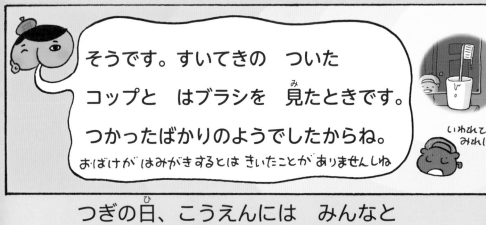

そうです。すいてきの　ついた
コップと　はブラシを　見たときです。
つかったばかりのようでしたからね。
おばけが はみがきするとは きいたことが ありませんしね

いわれて
みれば

つぎの日、こうえんには　みんなと
あそぶ　コアラちゃんの　すがたが
ありました。

みはらしそうの　かいじ！
～おしまい～

もちぬしふめいの　とうひん

『みはらしそう』の　じけんから
すうじつご、おしりたんていと　ブラウンは
マルチーズしょちょうからの　でんわで
ワンコロけいさつしょに　よびだされました。
「もちぬしが　わからない　とうひんが
あるんじゃ。この　とけいなんじゃがの。
かえせなくて　こまっておるのじゃ」

すいしょうで
できておるのじゃ

たかぞー

「ぬすまれたと、とどけも　でておらんし。
あいつめ！　ぬすんだ　家の　ばしょを
わすれおっての。えんとつ口が　星の
かたちを　していたことしか　きおくに
ないのじゃ。えんとつ口なんか　どうやって
しらべれば　いいんじゃ！」

「下からじゃ　見えませんしね」
と　ブラウンが　いいました。

「フム、しらべる　ほうほうは　ありますよ。
ぬすみに　入る　家を　えらんでいたときと
おなじように、『みはらしそう』から
ぼうえんきょうで　見れば　えんとつ口の
かたちも　わかります」
「その　手が　あったか！　さすが
おしりたんていくんじゃ！　星の　かたちの
えんとつ口を　見つけて、とけいを
もちぬしに　かえしてもらえるかのぉ」

あいつの とりしらべで
てが はなせなくて
ほかの しょいんも
いろいろ ていっぱいで

コホンッ

62

フーム、わかりました。この　いらい
おひきうけしましょう。

まったく
ひとづかいが
あらいんだからっ

フォフォフォ

おしりたんていと　ブラウンは、
ぼうえんきょうを　もって
『みはらしそう』に　むかいました。

ぼうえんきょうで
しらべることが　あるのです
めだまの　おばけでは
ありませんからね

5ごうしつの　まどの　外<ruby>そと</ruby>は、
ながめの　いい　けしきが
ひろがっています。

「では　さっそく　はじめましょうか」
　おしりたんていは　ぼうえんきょうを
かまえました。

ジャキッ

64

星の かたちの えんとつ口は
どこに あるでしょう？

そうです。あの　家ですね。

　おしりたんていと　ブラウンは、見つけた
家に　むかいました。すると　二かいの
まどから　のぞいている　男が　いました。

ぬすまれたのに
なんで とどけを
ださないのかな？

「この　とけいは　あなたのですか！」
と　ブラウンが　声を　かけました。
男は　とけいを　見て　ギョッとし、
あわてて　カーテンを　しめました。
　ブラウンは　なんども　よびかけましたが
へんじは　ありませんでした。
「あの　ひとのじゃないのかな？
ちがうなら　おしえてくれればいいのに」
「そうですね。なぜ　いるすを　つかう
ひつようが　あるのでしょうか。とけいに
気づいて　おどろいたようにも　見えました。
フーム、においますね……」

しーーーん

いるすって
いえに　いるのに
いない　ふりを
することですよねぇ

67

おしりたんていと　ブラウンは

『みはらしそう』へ　もどりました。

「なんだか　あやしい　やつでしたね」

と　ブラウンが　いいました。

　おしりたんていは　ぼうえんきょうで

男の　家を　かんさつしました。

「カーテンが　ぜんぶ　しめられています。

たしかに　あやしいですね」

　しばらく　見ていましたが、まったく

うごきは　ありませんでした。

ブラウンは　はりこみの　じゅんびをして
もどってきました。

おしりたんていと　ブラウンは
こうたいで　はりこみました。

はりこみ　ぶんたんひょう

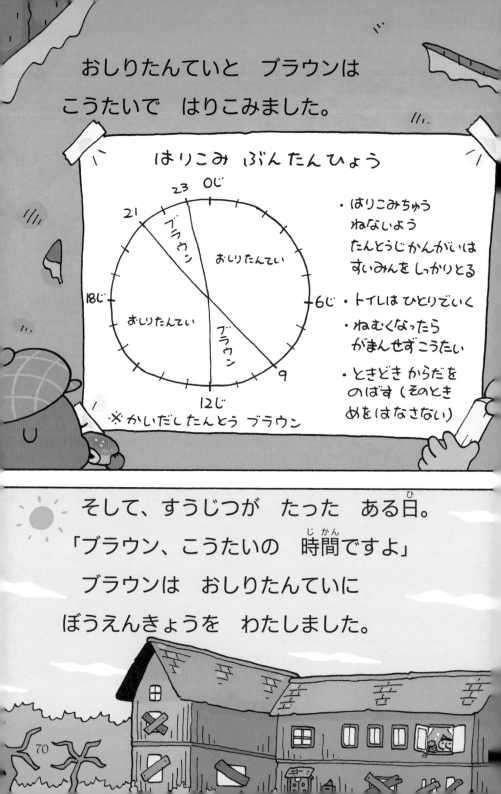

0じ
23
21
ブラウン
おしりたんてい
18じ
6じ
おしりたんてい
ブラウン
9
12じ

・はりこみちゅう
　ねないよう
　たんとうじかんがいは
　すいみんを　しっかりとる

・トイレは　ひとりでいく

・ねむくなったら
　がまんせず　こうたい

・ときどき　からだを
　のばす（そのとき
　めを　はなさない）

※かいだし　たんとう　ブラウン

そして、すうじつが　たった　ある日。
「ブラウン、こうたいの　時間ですよ」
　ブラウンは　おしりたんていに
ぼうえんきょうを　わたしました。

70

フムムッ。家から なくなっている
ものが ありますよ。なんでしょう？

さいしょに いえを たずねたときを おもいだしてみましょう

そ、そんなはず ないですよ。
ずっと 見ていたし……。

そうです。じてんしゃが
ありません。
ブラウン ひょっとして いねむりを
していたのでは ありませんか？

すみません
ねてました

じてんしゃで　でかけたのかもしれませんね。
ぼうえんきょうで　さがしてみましょう。
かれは　どこでしょう？

そうです。
『こっとうどう』の　前ですね。

「はやく　かえしちゃいましょうよ」
「フム、きょりも　ありますし、むかう
　間に　いどうされたら　おえないので
　ここから　もう少し　ようすを
　見ていましょう」

いろいろな　お店の　前で　メモを
とっていた　男は　ざっか店に　より、
そのまま　家に　もどりました。

「いったい　なにしてたんだろう？」
ブラウンは　首を　かしげました。
「これは　ながく　なりそうですね……」
と　おしりたんていは　つぶやきました。

おしりたんていたちの　はりこみは
つづきます。

こんな 日びが

くりかえされました。

そして……。

らっこの
おしりをさがせ

ある夜　ぼうえんきょうを　のぞいていた
ブラウンが　さけびました。
「おしりたんていさん！
あいつが　出てきました!!」

おしりたんていは　ねぶくろから
からだを　おこしました。
「こんな　夜中に　どこへ　いくんだろう？」
と　ブラウンは　いいました。

おしりたんていは　ブラウンから
ぼうえんきょうを　うけとりました。
「フム、ゆき先が　わかりそうですよ。
かれの　もっている　メモちょうを
見てください」

どの　お店の　前で　とった　メモか
おぼえていますか？　ゆき先を　すいりして
わたしたちも　お店に　むかいましょう。
すこしねむいですが……

「フーム、おまちしていましたよ。
メモからの　すいりどおり　ゆき先は
『ジュエリーほうせき』でしたね。
ところで、手に　おもちの　ほうせきは
あなたのものでは　ありませんよね」

男が　ふりかえりました。
「なんの　ことですか？　ぼくは
なにも　もっていませんよ」

「フム、かおの　かたちが
おかわりのようですが……」
「もごっ！　う、うるさーい!!」
　男は　とつぜん　さけび、じてんしゃに
あしを　かけました。

「はなしの　とちゅうですよ。
しかたがありませんね。
しつれいこかせていただきますか……」

プスンッ

ブッ

「すいみんぶそくで　力が
入りませんでしたね」

ぐふっ

ズシッ

「フ〜ム、けっか　オーライと　いった
ところでしょうか。あなたは　どろぼうです」

すいしょうのとけいも
ぬすんだものですね

「お…も…い…。
すこし…
く…さ…い…」

おしりたんていは　ワンコロけいさつに
男を　ひきわたしました。
「まさか　とうひんが　とうひんだとは！
どろぼうが　どろぼうに　入られるなんて
なんと　まぬけなんじゃ！　ぬすまれたと
とどけも　だせないわけじゃな」
「わたしたちが　来たことで　かなり
けいかいしていましたが、こんきよく
はりこみした　かいが　ありました」

しょくりょうを たいりょうに
かっていたので ながいはりこみに
なるとは おもっていましたが

なんにちも
かかったんで
たいへんでしたよー

「じゃが、とけいの　もちぬしは
わからんままじゃな」
　マルチーズしょちょうは
がっかりしています。

じめんに　おちていた　男の
メモちょうを　見て、おしりたんていが
いいました。

フム、だいじょうぶですよ。ほんとうの
もちぬしの　いる　ばしょが　わかりました。
みなさんなら　もう　おわかりですよね。

そうです。あの　店ですね。

　おしりたんていたちは　とけいを　店の
しゅじんに　かえしました。
「きゅうかちゅうに　ぬすまれていたなんて！
わざわざ　ありがとうございました」
「おわり　よければ　ワンダフルじゃ！」

おしりたんていと　ブラウンは
すうじつぶりに　じむしょへ
もどり、　あたたかい　おふろに
入りました。

そして、いれたての　こう茶を　のみ、
こころゆくまで　やすみました。

ふろあがりの
いっぱいは
きくなぁ

よっぽど つかれて
いたんだなぁ
ウフフ

す

もちぬしふめいの　とうひん
～おしまい～

ストーリーにかくされた金のおしりをさがせ！

● 作者紹介　トロル

トロルは田中陽子（作担当・1976年生まれ）と深澤将秀（絵担当・1981年生まれ）による
コンビ作家。本作のほかに、絵本「おしりたんてい」シリーズ（ポプラ社）がある。

かくれ
もんだいの
こたえだよ！

おしりたんていファイル(7)

おしりたんてい　みはらしそうの かいじけん

発行　　　2018年8月　第1刷　　2018年10月　第7刷

作・絵　　トロル

発行者　　長谷川 均　　編集　高林淳一

発行所　　株式会社ポプラ社

　　　　　〒102-8519　東京都千代田区麹町4-2-6　8・9F
　　　　　電話　03-5877-8108（編集）03-5877-8109（営業）
　　　　　ホームページ　www.poplar.co.jp

印刷　　　図書印刷株式会社

製本　　　株式会社ブックアート

装丁　　　楢原直子（ポプラ社デザイン室）

ISBN978-4-591-15915-6　N.D.C.913　88p　22cm　©Troll　2018　Printed in Japan

かるがもたさんちの ななつご

P4123007

ほんの かんそうを さがせてくださいね。
あなたの おたよりを まっていますよ！

もちぬしふめいの とうひん

はじめての はりこみは とても
じゅうじつした じかんを
すごすことが できた。あんパンを
いっぱい たべ、ほんを たくさん
よみ、しっかり ねむり、からだに
エネルギーが みちあふれている。
そのわりに からだが おもく
かんじるのは きのせいかな……。

みはらしそうの かいじけん

おしりたんていさんの ループタイが
かいちゅうでんとうにも なるなんて
おどろきだ！ オシャレで いざと
いうときに やくだつ グッズ、
ぼくも ほしいなぁ。キャンディーの
ちょうネクタイなんて どうだろう？
おなかが すいて こまったときに
ペロっと なめたり できるんだ。
すごい アイディアだ！

ブラウンにっし より